EL PRINCIPIO DE LAS

suricatas
BEBÉS

KATE RIGGS

CREATIVE EDUCATION • CREATIVE PAPERBACKS

TABLA DE

CONTENIDO

SOY UN CACHORRO DE SURICATA.

Soy una suricata bebé.

¡Mira mis orejas cortas y mi piel peluda!

Nací en una madriguera. Al principio, no podía ver ni escuchar.

Bebía la leche de mi madre.

Vivo con otras suricatas en un grupo. Alguien siempre está atento al peligro.

Corremos a un agujero para escondernos.

Mi madre
me trae insectos
para comer.
Pronto aprenderé a
cavar y buscar mi
propia comida.

¡Ahora soy una suricata joven!

HABLA Y ESCUCHA

RP-ARP!

¿Puedes hablar como un cachorro de suricata? Las suricatas hacen pitidos, chirrían, y se ladran entre ellas.

Escucha esos sonidos:

https://www.youtube.com/watch?v=NokF599u1Ck

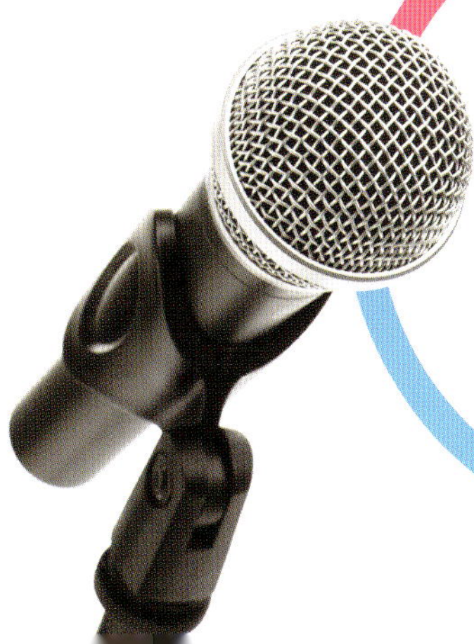

¡Ahora es tu turno!

PALABRAS BEBÉS

grupo: conjunto de suricatas

madriguera: un agujero o túnel que cava un animal

peludo: describe el pelaje que cubre a algunos animales

ÍNDICE

PUBLICADO POR CREATIVE EDUCATION Y CREATIVE PAPERBACKS
P.O. Box 227, Mankato, Minnesota 56002
Creative Education y Creative Paperbacks son marcas editoriales de The Creative Company
www.thecreativecompany.us

DISEÑO Y PRODUCCIÓN
de Chelsey Luther & Joe Kahnke
Dirección de arte de Rita Marshall
Impreso en China
Traducción de TRAVOD, www.travod.com

FOTOGRAFÍAS de Alamy (Andrew Bartlett, BIOSPHOTO, Nature Picture Library, robertharding, WorldFoto), Dreamstime (Farinoza), Minden Pictures (Chris Brignell/FLPA, Robin Hoskyns/Biosphoto), Shutterstock (Roman Bjuty, Bohbeh, TOBEphoto)

INFORMACIÓN DEL CATÁLOGO DE PUBLICACIONES
de la Biblioteca del Congreso is available under PCN 2019957395.
ISBN 978-1-64026-454-0 (library binding)
ISBN 978-1-62832-989-6 (pbk)

HC 9 8 7 6 5 4 3 2 1
PBK 9 8 7 6 5 4 3 2 1